Caperucita
Little Red Riding Hood

Adaptación/*Adaptation:* Luz Orihuela

Ilustraciones/*Illustrations:* Francesc Rovira

Traducción/*Translation:* Esther Sarfatti

SCHOLASTIC INC.
New York   Toronto   London   Auckland   Sydney
Mexico City   New Delhi   Hong Kong   Buenos Aires

Érase una vez una niña a quien todo
el mundo llamaba Caperucita Roja
porque siempre llevaba una capucha de color rojo.

There once was a girl who always wore a red hood.
Her name was Little Red Riding Hood.

Un día, su madre le pidió que llevara miel a su abuelita,
que estaba enferma.

One day, her mother asked her to bring

honey to her sick grandmother.

Por el camino, se encontró con el lobo.

—¿Adónde vas, Caperucita? —le dijo el lobo con voz melosa.

She met a wolf on the way to her grandmother's house.

"Where are you going, Little Red Riding Hood?"

the wolf asked in a sweet voice.

—Voy a casa de mi abuelita. No me entretengas,
que tengo prisa —le respondió la niña.

"I'm going to my grandmother's house.
I can't talk to you now. I'm in a hurry,"
said Little Red Riding Hood.

—Ve por este camino, que es más corto. Así llegarás
antes —le mintió el lobo.

"Take this road. It's shorter. You will get there sooner,"
said the wolf.
He wasn't telling the truth.

Mientras tanto, el lobo corrió por un atajo hasta la casa de la abuelita. Una vez allí, encerró a la abuelita en el armario y se metió en la cama.

The wolf took a shortcut to the grandmother's house.

He locked the grandmother in a closet.

He got into her bed.

Cuando Caperucita llegó,

encontró a su abuelita muy cambiada.

—Es porque estoy enferma, hijita —le dijo el lobo simulando

la voz de la abuela.

Little Red Riding Hood got to her grandmother's house.

Her grandmother looked very different.

"I'm sick, my dear," said the wolf.

He tried to sound like her grandmother.

—Abuelita, ¡qué orejas tan grandes tienes! —dijo la pequeña.

—Son para oírte mejor —respondió el lobo.

"Grandma, what big ears you have!"

said Little Red Riding Hood.

"The better to hear you with," said the wolf.

—Abuelita, ¡qué ojos tan grandes tienes! —insistía la niña.

—Son para verte mejor —dijo el lobo acercándose a
Caperucita.

"Grandma, what big eyes you have!"
said Little Red Riding Hood.
"The better to see you with," said the wolf.
He moved closer to the girl.

—Abuelita… ¡qué boca tan grande tienes! —se atrevió a decir
Caperucita un tanto asustada.

—¡Es para comerte mejor! —gritó el lobo,
abalanzándose sobre la niña.

"Grandma, what a big mouth you have!"
said Little Red Riding Hood.
Now she was very scared.
"The better to eat you with," said the wolf.
He jumped toward Little Red Riding Hood.

Pero en ese momento, unos cazadores oyeron los gritos de Caperucita, entraron en la casa y echaron al lobo, que se fue corriendo con el rabo entre las piernas.

There were hunters outside.

They heard Little Red Riding Hood's cries.

They rushed into the house and scared the wolf.

The wolf ran away with his tail between his legs.

ISBN 0-439-77375-X

30 29 28   18/0

Printed in the U.S.A.   40

First Scholastic bilingual printing, September 2005